U0038645

頌歌集

泰戈爾 著
糜文開 譯

國家圖書館出版品預行編目資料

頌歌集／泰戈爾著;糜文開譯.－－五版一刷.－－臺北市：三民，2017
面；　公分

ISBN 978-957-14-6303-2 (平裝)

867.51　　106009555

著作人	泰戈爾
譯者	糜文開
發行人	劉振強
著作財產權人	三民書局股份有限公司
發行所	三民書局股份有限公司 地址 臺北市復興北路386號 電話 (02)25006600 郵撥帳號 0009998-5
門市部	(復北店) 臺北市復興北路386號 (重南店) 臺北市重慶南路一段61號
出版日期	初版一刷 1977年3月 五版一刷 2017年7月
編號	S 860120

行政院新聞局登記證局版臺業字第〇二〇〇號

ISBN 978-957-14-6303-2 (平裝)

http://www.sanmin.com.tw 三民網路書店

1

你已使我成為無限，這是你的歡喜。這脆薄的東西，你使它空了再空，而時時充實它以新的生命。

這枝小小的蘆笛，你曾帶著越過許多山嶺與谿谷，用它吹出許多永遠新鮮的曲子。

在你兩手的神聖撫觸下，我的小小的心，銷融在無邊的歡快中，產生說不出的言詞來。

你給我無窮的賜予，只是在我的這雙渺小的手上。年代移轉著，你仍傾注，我仍有地方待充實。

2

當你命令我唱歌時，似乎我的心得意到要迸裂開來，我瞻望你的臉，淚水已含在我的眼眶。

我生命中所有刺耳的，不協調的，都融化成一片美妙的諧音——我的崇拜展開著兩翼，像一隻飛渡海洋的快樂之鳥。

我知道，你從我的歌唱裡得到愉快。我知道，惟有作為一個歌者，我才能來到你面前。

我只有用我歌唱的遠展之翼緣，來撫觸你的腳，那我從來不敢想望觸到的腳。

陶醉於歌唱的歡樂，我忘記了我自己。我的主啊，我竟喚你為朋友。

3

我不知道你怎樣歌唱，我主！在無聲的驚奇中，我兀自諦聽。

你音樂的光照耀世界。你音樂的氣息馳騁在天空之間。你音樂的神聖清溪，衝開一切巖石的障礙，向前奔流。

我的心渴望加入你的歌唱，但掙扎不出一點聲音來。我要說話，而言語不能開放成歌曲，我叫喊不出來。唉，主啊！你已使我的心被俘於你音樂的無邊羅網。

4

我生命的生命，我將永遠努力保持我的身體純潔，我明白你生命的撫摩，正接觸在我四肢上。

我將永遠努力保持我的思想沒有虛妄，我明白你就是在我心中點著理智之光的真理。

我將永遠努力驅除一切邪惡遠離我心頭，保持我的愛開花，我明白你已供奉在我心最深處的聖廟裡。

這是我的企圖，把我的行動來顯示你，我明白是你的感召，給我力量去行動。

5

我請求一瞬的寬容，讓我坐在你的旁邊，我手中的工作，讓我等一會再完成。

看不見你的容顏，我的心就不知道安寧，也不知道休息，我的工作變成了無邊勞役之海中的無底勤勞。

今天，夏季來到我窗前噓氣和低語；蜜蜂在花樹的庭院彈唱他們的歌曲。

現在是靜坐的時間了，面對著你，在這靜寂和舒暢的閒暇中，來唱生命的獻歌。

6

折取這朵小小的花吧，請勿遲延啊！我怕它會凋謝，將掉在塵土裡。

也許它不值得編到你的花環裡去，但還是請用你手的痛楚的一觸來禮遇它。折取它吧，我恐怕在我警覺之前，夜幕降落，奉獻的時間溜過了。

雖然它的顏色不深，它的香味不濃，可是，現在還及時，請把這花折下來作你的禮拜之用吧。

7

我的歌使她卸下了裝飾。她沒有了服飾的驕奢。飾物會損壞我們的結合；它們會阻隔在你和我之間；它們的叮噹聲會掩沒你的低語。

我詩人的虛榮心，因羞慚而死在你眼前。哦，詩宗啊，我已坐在你的腳邊。只讓我使我的生活單純正直，像一枝笛，讓你用音樂來充實。

8

小孩子被人用王子的長袍打扮著，用珍珠的項鍊裝飾著，便失去了他遊戲的一切歡快；他的服裝步步牽累住他。

怕這服裝要損壞或給塵土沾汙，他便把他自己隔離世界，連一動也不敢動了。

母親啊，你的華美的束縛，如果禁錮著人使遠隔大地的健康之塵土，如果剝奪了人去到人類共同生活之大集會的入場權，這恐怕不很好吧。

9

哦，傻瓜，想把你自己揹在肩膀上！哦，乞丐，向你自己的門口去求乞！

把你所有的負擔，交給能擔當一切的他底手中吧，永不要惋惜而後顧。

你的慾念的氣息碰觸著這燈，光明便立刻會從燈上熄滅。它是邪惡的——不要用它的不潔的手來拿你的禮物。只有神聖的愛所奉獻的才領受。

10

這是你的腳凳，你息足在最貧窮最卑賤最失意人群的住區。

我想向你鞠躬，我的敬禮不能到達那最深處，那你息足的最貧窮最卑賤最失意人群之中。

你穿著謙遜的衣服步行於最貧窮最卑賤最失意人群中間，傲慢永遠不能臨近那地方。

你同那些沒有朋友的最貧窮最卑賤最失意的人們為友，我的心從來不能找到那地方。

11

放棄這種禮讚的高唱和祈禱的低語吧！你在這門窗緊閉的廟宇之孤寂幽暗的角落裡，正向誰禮拜呢？睜開你的眼看看，上帝並不在你面前啊！

他是在犁耕著堅硬土地的農夫那裡，在敲打石子的築路工人那裡。無論晴朗或陰雨，他總和他們在一起，他的衣服上撒滿著塵埃。脫掉你的聖袍，甚至像他一樣走下塵土滿布的地上來吧！

解脫嗎？什麼地方可以找到這種解脫？我們的主自己高

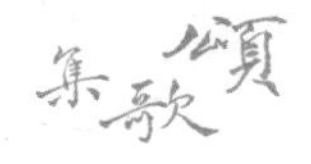

高興興地負起創造的鎖鏈在他身上；他永遠和我們連繫在一起。

放下你供養的香和花，從靜坐沉思中出來吧！你的衣服變成襤褸或被染汙，那又有什麼關係呢？在勞動裡去會見他，和他站在一起，汗流在你額頭。

12

我旅行所占的時間很長，那旅行的路途也很長。

我坐在光之最初閃耀的車上出來，追趕我的行程，飛越無數世界的洪荒，留下我的轍跡在許多個恆星與行星之上。

這是最遙遠的路程，來到最接近你的地方；這是最複雜的訓練，引向曲調的絕對單純。

旅客須遍叩每一扇遠方的門，才能來到他自己的門；人須遨遊所有外面的世界，最後才能到達那最內的聖殿。

我的眼睛先漂泊著，遙遠而廣闊，最後我閉上眼說：「你

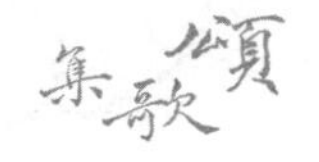

原來在這裡！」

叫喊著問道：「啊，在那裡？」這一聲銷溶在千股的淚泉中，和你保證的回答「我在這裡！」的洪水，一起氾濫了世界。

13

我要唱的歌至今尚未唱出。

我化費了我的時日在給我的樂器調理絃索。

拍子還沒有調正，歌詞還沒有填好；只有渴望的苦惱在我心頭。

花朵尚未開放，只有風在嘆息。

我沒有看見他的容顏，也沒有聽見他的聲音；我只從我屋前的途中，聽到他輕緩的步履聲。

整天過去了，只在地板上布置他的座位；可是燈還沒有點亮，我不能請他走進我屋裡來。
我生活在和他會面的想望中，但這會面還沒有實現。

14

我的願望很多，我的哭喊很可憐，可是永遠是你硬心的拒絕拯救了我；這剛強的慈悲已一點一滴地滲透我的生命。

日復一日，你使我值得領受那單純而偉大的賜予，那是你自動給我的——這天空和光，這身體和生命及心靈——從太多願望的危險裡拯救了我。

有些時候我沒精打采地拖延因循，有些時候我警覺地急急尋找我的目標；可是忍心地，你在我前面隱藏了起來。

日復一日，你時常拒絕我，使我值得你來完全的接納，從懦弱動搖的願望中拯救了我。

15

我在這裡為你唱歌。在你這廳堂的一隅，有我的座位。

在你的世界裡我無事可做；我無用的生命，只能無目的地亂哼一些腔調。

當黑暗的殿堂敲著午夜的鐘，為你做起靜默的禮拜來時，我主啊，請吩咐我，來站在你面前歌唱。

當金琴在清晨的空氣中調好時，請給我以榮幸，命令我在場。

16

我接到請帖來參加這世界的慶典，因此我的生命已受賜福。我的眼已見識，我的耳已領受。

在這宴會中來彈奏我的樂器，那是我的份兒，而且我已盡我所能彈奏了。

現在，我要問，是否時間終於來到了嗎？我可以進去瞻仰你的容顏和獻給你我靜默的敬禮了嗎？

17

我只在等著愛，最後把我交在他的手裡。那就是為什麼我遲延了，為什麼我有這種疏忽的罪。

他們用他們的法律和規條來將我緊縛，但我總是躲避他們，因為我只在等著愛，最後把我交在他的手裡。

人們譴責我，說我太隨便；我也相信他們的譴責自有道理。

趕集的日子過了，忙人們的工作都已完畢。那些呼喚不到我的人已憤怒地回去。我只在等著愛，最後把我交在他的手裡。

18

層雲堆積，天在變黑。哦，愛啊，為什麼你讓我獨個兒等候在門外？

中午工作忙碌時我和眾人在一起，但在這昏暗孤寂的日子，我所希望的只有你。

假使你不給我見面，假使你全然拋棄我在一邊，我不曉得我將怎樣度過這悠長的下雨時光。

我凝望幽暗的遠天，我飄蕩的心，和不息的風一起在哀泣。

19

假使你不說話，我將把你的靜默充實我的心而忍耐著。有如在星光下守候的夜，我將靜候你，耐心地低著頭。

晨光定會到來，黑暗行將消失，你的聲音將劃破天空，從金流中傾瀉下來。

於是你的言語，將自我的每一個鳥巢中撲翅而唱歌，你的曲調，將在我的所有叢林迸發成花。

20

蓮花開放的那天，唉，我心不在焉，沒有知道這回事。我的花籃空空，那花朵遺留著沒有被注意。

只有憂思時時來襲擊我，我從夢中驚起，覺得南風裡有著奇異芳香的甜蜜蹤跡。

那迷茫的香氣，使我渴念得心痛。這在我彷彿是那夏天急切地呼吸著，在尋求它的完成。

那時我不知道它是這樣近，而且是我自己的，這完美的香氣是在我自己心的深處開放。

21

我一定要放出我的小船。無聊的鐘點在海岸邊度過——唉，我怎麼的！

春天開了他的花離去了。而現在我卻負荷著凋謝的無用之花，在等待，在留連。

浪潮漸漸喧噪起來，在岸上，濃蔭的巷子裡，黃葉且飄落。

你凝望著的是何等空虛！你是否覺得震盪著空氣，有那遙遠的歌聲從彼岸飄來？

22

在這多雨七月的濃影裡，踏著神祕的步子，你走著，如深夜的輕悄，閃避了所有守望的人。

今天，晨光閉著他的眼睛，不睬那喧譁東風的固執叫喊，一張厚厚的紗幕拉上，遮沒了永遠清醒的碧空。

林地靜止了歌聲，每間屋子的門都關著。在這條冷寂的街上，你是唯一的旅客。哦，我的唯一的朋友，我的最親愛的，我屋子的大門開著——請不要像夢一般走了過去。

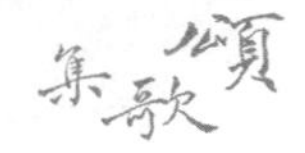

23

我的朋友，你是在這風雨之夜去到外面趕愛的旅程嗎？

天空像一個失望者在哀號。

今夜我沒有睡眠。我時刻打開我的門向外面黑暗裡探視，我的朋友！

我面前看不見什麼，我不知道你走的那條路！

是從黑水河的朦朧之岸邊，是從濃密森林的遙遠邊緣，是穿過那些幽暗的羊腸曲徑，你跨著你的路程到我這裡來嗎？我的朋友！

24

假使白日已盡，假使鳥兒不再歌唱，假使風已疲於飄颺，那末，拉下那黑暗的厚幕，覆蓋在我身上，就像你在薄暮時用睡眠的柔衾裹住了大地，又輕輕地合上那垂蓮的花瓣。

那旅客的行程未達，行囊裡的食物已空，衣裳破爛，滿布塵埃，他已精疲力竭。請解除他的羞愧與困窮，更新他的生命，像一朵花的蔭庇在你仁慈的夜幕下。

25

在這疲乏的夜裡，不須掙扎，讓我把自己交給睡眠，將我的信賴寄託在你身上。

讓我不強迫我萎靡的精神，來勉強準備對你做禮拜。

是你把夜幕拉起，蓋在白晝的倦眼上，使在醒來的清新喜悅中，更新了眼力。

26

他走來坐在我身邊，而我竟沒有清醒。多麼可咒詛的睡眠，啊，可憐的我！

他在靜夜中前來，手裡拿著豎琴，我的夢魂和他的琴音共鳴。

哎喲！為什麼我的夜都這樣蹉跎了？唉，為什麼他的呼吸已接觸了我的睡眠，而我總錯過對他的瞻仰？

27

燈火，啊，燈火在那裡呢？用渴望的熊熊之火點上它吧！

燈在這裡，但從來不曾有一絲火焰的閃耀，——你命該如此嗎，我的心啊！唉，你還不如死了好些！

悲哀來敲你的門，她的訊息說，你的主醒著，他召喚你從夜的黑暗中去赴愛的約會。

濃雲蔽天，雨點不停地下著。我不知道我心裡有什麼在擾動，——我不明白它的意義。

電閃的一霎閃光，拋下在我眼前一重更深的黑暗，我的

心摸索著前往夜的音樂在呼喚我的路徑。

燈火，啊，燈火在那裡呢？用渴望的熊熊之火點上它吧！

雷聲轟轟風聲呼呼地衝擊過天空。夜黑得像一塊烏石。不要讓時間在黑暗中蹉跎過去。用你的生命點上愛的燈啊！

28

枷鎖是牢固的，但是當我要把它們打破時，我的心發痛。

自由是我所需求，但是希望獲得它，我覺得羞慚。

我確信那無價之寶掌握在你手裡，而且你又是我最好的朋友，但是我卻捨不得去清除充塞我房間的無用之物。

這披在我身上的是塵垢與死亡之衣，我憎惡它，卻仍戀戀不捨地緊抱它。

我負債甚鉅，我的過失很人，我的恥辱祕密而深重；但是當我前來請求悔改時，我又恐懼戰慄，惟恐我的請求被允准。

29

我用我的名字把他禁閉了起來，他在牢中哭泣。我不斷地忙於砌造這圍牆；當這圍牆一天天的高起來聳入雲霄，它的黑影便把我的真我都遮得看不見了。

我得意於這道圍牆，用泥沙塗抹它，惟恐在這名字上會留下一絲隙縫；我慘淡經營，使我看不見了真我。

30

我獨自出門走上我的赴約之路。是誰在靜寂的黑暗中尾隨著我呢？

我走到旁邊去躲避他的前來，但我避不開他。

他昂首闊步地揚起地上的塵埃；他把我說的每一個字都加上了他的高聲。

他是我的小我，我主，他不知羞恥；但我卻羞於由他隨伴著到你門上來。

31

「囚徒，告訴我，是誰把你束縛？」

「是我的主人，」囚徒說，「我想我的財富與權力，可以擊敗世界上每一個人，我把屬於我國王的財富積聚於我自己的寶庫裡。我昏昏欲睡，我躺在我主的床上，一覺醒來，發現我已是一個在我自己寶庫的囚徒。」

「囚徒，告訴我是誰鑄成這不可斷的鎖鏈？」

「就是我自己，」囚徒說，「我很小心地鍛鍊這條鏈子。我想我無敵的權力可以拘捕這世界做俘虜，我保有不受阻撓

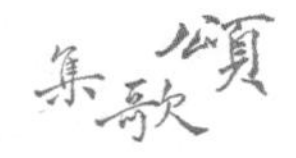

的自由。因此我日夜用烈火與重錘在這鏈子上下工夫。最後工作完成，已成為不可斷的連環，我發現它接合了，已把我自己鎖住。」

32

塵世那些愛我的人們，都用盡方法來掌握我。但你的愛不是那樣的，你的愛比他們的偉大，你使我自由。

惟恐我忘掉他們，他們從來不敢隨便離開我。而你呢，日子一天天的過去，你還不曾露臉。

假使在我的祈禱中不呼喚你，假使我不把你放在心上，你對我的愛依然在等待著我的愛。

33

白天，他們到我屋子裡來說：「我們只想在這裡借用最小的一點地方。」

他們說：「我們有助於你對上帝的禮拜，而且只謙恭地接受我們一份應得的恩典」；於是他們坐在屋角裡，靜默而謙沖。

可是在夜的黑暗中，我發覺他們闖進我的聖殿，強橫而喧囂，貪婪地從上帝的祭臺上攫取著供品。

34

只要我的一小點尚存，我可以把你稱為我的一切。

只要我意識的一小點尚存，我可以在我的四周感覺到你，我事事請示於你，時時把我的愛奉獻於你。

只要我的一小點尚存，我可以永不隱藏你。

只要我束縛的一小點尚存，那把我被你的意旨所束縛的一小點尚存，你的意旨就在我的生命裡實現——那就是你愛的束縛。

35

在那個地方，心沒有恐怖，頭抬得起來；
在那個地方，智識是自由；
在那個地方，世界不曾被狹窄的家國之牆分裂成碎片；
在那個地方，說話出自真實之深淵；
在那個地方，不懈的努力伸出它的手臂向著「完美」；
在那個地方，理智的清流，不曾迷失在僵化的積習之可怕的不毛沙地；
在那個地方，心靈被你引導前進，成為永遠寬大的思想

與行為——

進入那自由的天國，我的父啊，讓我的國家醒來。

36

這是我對你的祈禱，我主——剷除，請剷除我心中貧乏的劣根。

請賜我力量來輕易地負載我的歡樂與憂患。

請賜我力量，使我的愛在服務中得到果實。

請賜我力量，使我永不遺棄貧賤，也永不屈膝於無禮的強權。

請賜我力量，使我的心靈超越於日常瑣務之上。

並請賜我力量，得以用愛來把我的力量投效於你的意旨。

37

我想，我的航行在我力量耗盡時到達終點——在我面前的路已斷絕，糧食已告罄，已到退居於一個幽靜隱遁之時。

但我發現，你意旨之於我，不知有終點。當舊的歌詞在舌上死亡，新的曲調已從心中迸出；舊的道路雖消失，新的領域已顯露它的奇蹟。

38

我要你，只要你——讓我的心一再說著這句話，永無窮期。日夜煩擾我的一切慾念，都純然是虛妄與空幻。

有如夜藏在幽暗中祈求光明，同樣地，在我潛意識的深處，也響出呼聲來——我要你，只要你。

有如暴風用全力衝擊和平，卻依然尋求和平做它的終點；同樣地，我的反抗衝擊著你的愛，而它的呼聲依舊是——我要你，只要你。

39

當心腸堅硬和焦渴時，請沐我以甘霖。

當優美從生命中失去時，請帶來一陣歌聲。

當紛擾的工作在四周吵鬧著，把我和外界隔離時，我寧靜之主，請降臨我這裡來，帶著你的和平與安息。

當我卑微的心屈躬坐著，關閉在屋角裡，我的國王，請你用國王的儀式，破門而入。

當慾念以誘惑與塵埃把心靈蒙蔽時，哦，神聖的，你是清醒的，請來啊，帶著你的電閃（光明）和雷霆（叱咤）。

40

在我乾枯的心田，我的上帝，一旬復一旬的，盼望那隱藏了的甘霖。地平線上慘酷地赤裸——沒有一片柔雲的最薄遮蓋，沒有絲毫遠處有冷雨的跡象。

請送來你的憤怒的風暴，要命的黑暗，假使你願意，以電閃的鞭撻，震懾那天宇，自此極至彼極。

但是請你召回，我主，召回這充滿死寂的炎熱吧，它默默地，苛刻地，殘酷地，以可怖的絕望燒灼人心。

讓慈雲自天空垂下，像父親暴怒的日子裡，母親淚眼的照顧。

41

你在什麼地方，我的愛人？你躲在他們後面，竟把自己隱藏在陰影中？他們在塵濁的路上，推開你走了過去，不把你放在眼裡。我在這裡等候你，陳列著給你的禮物，好困倦的鐘點。這時過路人來一朵一朵地拿我的花，我的花籃差不多空了。

晨光消逝，午刻也過去了。在黃昏的幽暗中，我的眼睛朦朧欲睡，那些回家去的人們，諷示我，譏笑我，使我滿心羞愧，我坐著像一個女丐，拉我的裙來掩住我的臉。當他們

問我要什麼的時候，我眼睛低垂，沒有回答他們。

啊，真的，我怎麼可以告訴他們我是在等候你，而且你也曾答應會來，我又怎麼能夠羞愧於說我的妝奩就是貧窮。唉，我緊握這尊榮在我心頭的祕密中。

我坐在草地上，凝望著天空，夢想你突然降臨的光彩——光焰沖霄，車輦上金旗飛揚，他們站在路邊呆望，他們看著你從車座上走下來把我從塵埃中扶起，坐在你旁邊，這個襤褸的女丐，羞喜交襲得像蔓藤在夏天暖風中搖顫著。

但時間流轉著，依然聽不到你車輪的聲音。好多儀仗的行列在光彩奪目喧鬨呼號中經過了。是不是你只要靜默地站

在他們的後面？是不是我只能哭泣著等待，磨折我的心於徒然的渴望呢？

42

在早晨我們低語著要划船出去，只有你和我，世界上不會有人知道這事，知道我們的遨遊是沒有目的地也沒有盡頭的。

在那無邊的大洋中，在你靜聽的微笑中，我的歌音調高揚，似海波般自由，從一切言詞的束縛中得到自由。

是否時間還未到？是否有事還待辦？看啊，黃昏已降臨海岸，在那蒼黃的暮色中，海鳥已成群飛來歸巢。

有誰知道要何時可以解纜，像落日的最後餘光，船兒消失在黑夜中？

43

那天，我沒有準備好等候你來，你卻像平常人一樣不請自來，進到我心中，我還未知道。我的國王，你已經蓋了不朽的印記，在我生命的許多飛逝時光上了。

今天，我偶然照見了你的簽蓋，我發現它們已散亂地和我遺忘了的日常哀樂的回憶混雜在一起，被拋擲在塵埃裡。

你沒有鄙夷地轉身背向著我，當我童年時代嬉戲在塵土中；而我在遊戲室裡所聽到的跫然足音，是和群星間的迴響相同的。

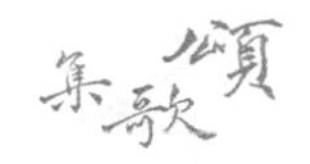

44

這是我的歡喜，烏雲逐日，雨隨夏來的時節，在這路邊等候和守望。

從不知的天空帶信來的使者們，向我致候又疾行趕路。我心裡愉快，吹過的風帶來陣陣清香。

這裡，自朝至暮我坐在門前，我知道我會見到你，那快樂的片刻將突然蒞臨。

這時我獨自微笑，我獨自唱歌。同時空氣中也瀰漫著應允的芬芳。

45

你有沒有聽見他的靜靜腳步？來了，他來了，時刻在來。

每一瞬與每一代，每一日與每一夜，來了，他來了，時刻在來。

在許多種情境下，許多支歌我已唱過，但所有的調子常常宣告：「來了，他來了，時刻在來。」

在晴和四月的芳香日子，經過森林的小徑，他來了，來了，時刻在來。

在七月之夜的陰雨朦朧中，坐著雲霧的雷車，他來了，來了，時刻在來。

在憂患頻仍中，他的腳步，響在我心上，而他腳的黃金之撫觸，使我的歡樂生輝。

46

我不知道從多麼久遠的時候起，你就時常走近來會見我。你的太陽和星辰，永遠不能隱藏你使我看不見。

在許多個清晨和黃昏，我聽見你的足音，你的使者已來到我的心裡祕密地召喚我。

我不知道為什麼今天我的生活完全激動了，一股狂喜的感覺貫穿了我的心頭。

就像結束工作的時間已到，我感覺到在空氣中有你光臨的微香。

47

枉費了幾乎一整夜的工夫等他，又落了空。只怕早晨我正倦乏入睡，他卻突然來到我門前。啊，朋友們，把入口給他開放吧——不要攔阻他。

假使他的步履聲沒有把我驚醒，那末不要叫醒我，我請求你。我希望鳥兒合唱的喧譁，和晨祭之風的騷擾，不要把我從睡夢中吵醒。讓我安靜地睡著，即使他忽然來到我門前。

啊，我的睡眠，寶貴的睡眠，這睡眠只等著他的撫觸去消失。啊，我閉著的眼睛，只在他微笑的光中才睜開眼瞼，

當他站在我面前，有如一個夢從睡眠的黑暗中浮現。

讓他成為一切光明和形象在我眼前的最初呈現。讓我喚醒的靈魂之最初歡樂的感動，從他對我的一瞥中到來。

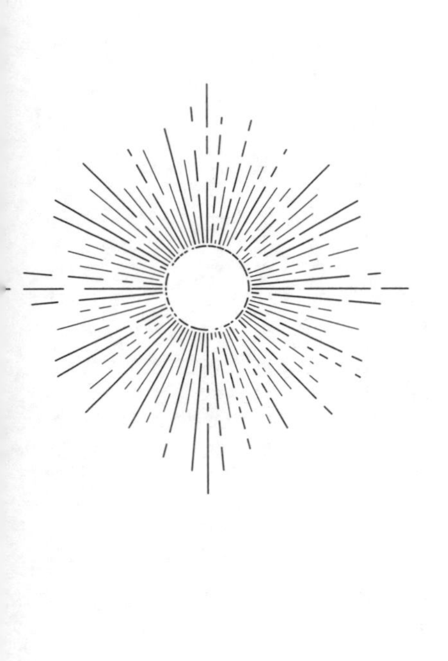

48

清晨的靜海，漾起鳥語的漣漪；傍路的雜花，都呈現愉悅之色；雲霞的隙縫，散射出黃金的財富；可是我們匆忙地奔向我們的前程，何曾加以注意？

我們沒有唱那愉快的歌，也未曾彈奏樂曲；我們沒有去村集作交易；我們不發一語，不展一笑；我們未曾在路上有所逗留。追隨時間的疾逝，我們加速了我們的腳步。

太陽升到中天，斑鳩在蔭翳中和鳴。枯葉在中午的炎風裡急轉而舞，牧童在榕樹蔭裡瞌睡入夢，於是我也在水邊躺

下來，攤開我倦怠的四肢在草地上。

我的同伴輕蔑地笑我；他們昂首疾步，急速前進；他們不回顧一下，也不休息一會；他們消失在遠處的青色霧靄中，他們橫斷許多草原，攀越許多山嶺，經過許多遙遠的生疏異域。長征隊的英雄們啊，光榮是屬於你們的，譏笑和責罵鞭策我起來，但我卻沒有反應。我讓我自己沉浸在甘受屈辱的深淵——在一個模糊的歡快之陰影裡。

陽光繡成的綠蔭之靜穆，慢慢地籠罩住我的心。我已忘卻旅行的目的，我毫無抵抗地把我的心靈交給影與歌之迷宮。

最後，當我睡醒了睜開眼來，我看見你站在我身邊，我的睡眠沐浴在你的微笑裡，我為什麼要害怕那路途的遙遠與困難，要害怕努力到達你面前的艱苦呢！

49

你從寶座上走下來，站在我茅舍門前。

我正在一隅獨自歌唱，歌聲進入你的耳中。你下來站在我茅舍門前。

在你的大廳裡有很多名家，歌曲不停地在那裡唱著。但這個生手的簡單頌歌，卻叩應了你的愛。一支悲哀的小調，和世界偉大的音樂融合了，帶著一朵鮮花做獎品，你走下來站在我茅舍門前。

50

我在鄉村的小路中沿門行乞，你的金輦從遠處出現，恰像一個炫耀的夢，我驚詫誰是這個王中之王啊！

我的希望高升，我想我的厄運已告終，我佇候著不須請求的施捨，等待那撒布在塵土中的財寶。

車子在我站立的地方停住了。你的視線投在我身上，你帶著笑容走下來。我覺得我今生的幸運畢竟來了。忽然你伸出右手來說，「你有什麼給我呢？」

呵，你開的什麼樣的帝王的玩笑，攤開手掌向一個乞丐

求乞！我惶惑，我呆呆地站著，然後從我的佩囊中慢慢地拿出幾小顆穀粒來給你。

但我是怎樣的驚奇啊，當晚上我把佩囊倒空在地板上，我發現一些細小的金粒混在乞得的幾樣粗劣東西中。我痛哭，我多麼願望我慷慨地把我所有的都獻給你啊！

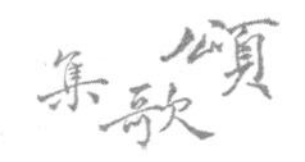

51

黑夜已到。我們白天的工作業經做完。我們以為投宿的客人都來了，村裡的門都關上了。有的人說，國王是要來的。我們笑了笑說道：「不，這是不可能的！」

那邊好像有叩門的聲音，我們說，沒有什麼，這不過是風罷了。我們熄滅了燈躺下睡覺。有的人說：「這是使者！」我們笑了笑說道：「不，這一定是風！」

在死寂的夜裡傳來一種聲音。我們朦朧中以為是遠方的雷聲。地震牆搖，我們在睡夢中受了驚擾。有的人說：「這

是車輪的聲音。」我們在昏睡中發出怨言：「不是，這一定是隆隆的雷響！」

鼓聲響起時夜還是漆黑。有聲音喊道：「醒來！不要耽誤了！」我們用手按在心頭，因恐懼而戰慄。有的人說：「看啊，這是國王的旌旗！」我們站起來叫喊：「不能再耽誤了！」

國王已經來了——但是燈在那裡呢？花環在那裡呢？給他坐的寶座在那裡呢？啊，慚愧，啊，太慚愧了！大廳在那裡？擺設又在那裡呢？已有人在說：「叫喊也無用了！空手去歡迎他吧，領進你全無布置的空房裡去吧！」

把門打開，把法螺吹響吧！國王已於深夜降臨我們黑暗淒涼的屋裡來了。空中雷聲吼鳴，閃電使黑暗震顫。拿出你的破蓆鋪在院子裡吧。在可怖之夜，我們的國王同暴風雨一起突然到來了。

52

我想我應該請求你——但我不敢——請求你項間的玫瑰花環。因此我等待著早晨，想在你離開的時候，從你床上找些殘片。我像一個乞丐般在黎明時就來尋找，只為著一兩片落下的花瓣。

唉，我啊，我找到了什麼？你留下了什麼愛的紀念品？這不是花，不是香料，不是香水的瓶子，這是你的一把巨大寶劍，火焰般閃光，雷霆般沉重，清晨的朝陽從窗外照在你床上。晨鳥喳喳喊喊地問：「婦人，你得到了什麼？」不，這不是花，不是香料，不是香水的瓶子——這是你可怕的寶劍。

我坐在窗口沉思，你這是什麼贈品呢。我找不到地方藏放它。我不好意思佩帶它，我是這樣的柔弱，當我抱它在懷裡，它刺傷了我。但這痛楚負擔的榮寵，我還是要銘記在心，這個你的贈品。

從此，我在這世界上不再有恐懼，在我的一切奮鬥中，你將得到勝利。你留下死亡做我的伴侶，我將用我的生命給他加冕。我帶著你的寶劍來斬斷我的束縛，在世界上我不再有恐懼。

從此，我拋棄一切瑣碎的裝飾。我心之主，我不再等待著要什麼而在室隅哭泣，也不再嬌羞畏怯，你已把你的寶劍給我來佩帶，不要再給我玩偶的裝飾品了！

53

你的手鐲真美麗，用星星來鑲嵌，精巧地製成五顏六色的珠寶。但是在我看來，你的寶劍更為美麗，那彎彎的閃光，好像毘濕奴的金翅鳥之展開的雙翼，完美地靜懸在夕陽的忿怒紅光裡。

它顫抖著，像生命受死亡的最後一擊時，在痛苦的昏迷中所發的最後反應；它閃耀著，像存在的純火燒掉塵世官能時的猛烈的一閃。

你的手鐲真美麗，鑲嵌著星辰的珠寶；但是你的寶劍，

啊，雷霆之主，是用卓絕的美麗鑄成，使人望之生畏，思之心悸。

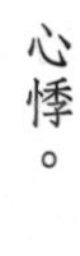

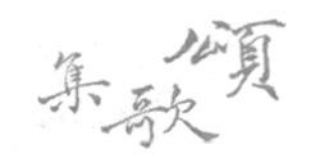

54

我沒有向你要求什麼；我沒有對你說出我的名字。當你離開時，我只靜靜地站著。我獨留在樹影橫斜的井邊，婦女們都已頂著盛滿井水的黃色瓦瓶回家了。她們呼喚我：「跟我們一起走吧，早晨已過，快到中午了。」但是，我沮喪地躊躇片刻，又迷失於模糊的沉思中。

你前來時我沒有聽見你的足音。你一雙含愁的眼睛望著我；你的聲音疲弱，低聲說——「啊，我是一個口渴的旅客。」我從夢幻中驚起，把我瓶裡的水傾注到你捧在一起的

手掌裡。樹葉在頭頂沙沙地響，杜鵑在隱蔽的幽暗處歌唱，曲徑裡吹送來巴勒拉的花香。

當你問到我的名字，我羞得竟站在那兒連一句話也說不出。真的，我曾替你做了什麼，值得你來掛念呢？但是我幸能給你清水止渴的回憶，將溫馨地依附在我心頭。時光已不早，鳥兒唱出倦聲，尼姆樹葉在頭頂沙沙地響，我坐在那裡，想著，一再想著。

55

倦乏壓在你心頭，瞌睡還在你眼上。

你沒有聽到這句話嗎？「荊棘叢中花盛開」。醒來，哦，
醒來吧！莫任光陰蹉跎。

在石徑的盡頭，在未犁的荒寂之鄉，我的朋友獨坐著。
不要欺騙他。醒來，哦，醒來吧！

萬一天宇因午日之炎熱而喘息震顫——萬一燃燒的沙地
展開它的乾渴的外緣——

在你心的深處，難道沒有歡樂？你的每一聲足音，不將
使路之琴迸出痛苦的甜蜜樂曲？

56

你給我的歡樂是這樣的充實，你曾降臨到我處來，哦，你諸天之主，假使你不愛我，誰還能得你愛呢？

你把我作為共享這全部財富的伴侶，你的歡樂，在我心中無止境地戲遊。你的意旨，在我生命中不斷實現。

因此，你這萬王之王，曾把你自己打扮得很美麗的來博取我的心。因此，你的愛銷融在你的愛人的愛中，在那裡，你在兩人的完美結合中顯現。

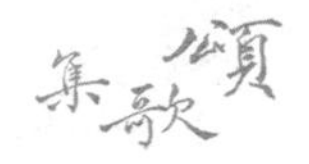

57

光啊，我的光，充溢世界的光，吻接眼睛的光，芳香心坎的光！

唉，我的愛啊，光舞蹈在我生命的中心；我的愛啊，光敲奏我愛的絃索；天宇開朗，清風狂馳，笑聲響徹大地。

蝴蝶揚帆於光之海。百合與素馨湧現於光之浪的冠部。光碎成黃金於每朵雲上，我的愛啊，光繽紛地撒布無數珠寶。

樹葉間伸展著愉快，我的愛啊，歡樂無量。天河淹沒了兩岸，喜悅的泛濫四散奔流。

58

讓一切快樂的曲調，都溶合在我最後的歌中——那使大地在極度放逸中湧現青草的快樂，那使生與死兩個孿生兄弟舞遍廣大世界的快樂，那帶著暴風雨來捲掃，帶著笑聲來震撼甦醒一切生命的快樂，那含淚默坐在苦痛所開的紅蓮花上的快樂，那一字不識，便把一切所有拋擲於塵埃中的快樂。

59

是的，我知道，這不是別的，只是你的愛，哦，我心愛的人兒——這在葉上舞蹈的金光，這些駛過天空的閒雲，這把涼爽留在我額頭的過路清風。

晨光已注滿我的眼睛——這是你給我心的訊息。你的容顏俯下，你的眼睛下望著我的眼睛，我的心已撫觸到了你的雙足。

60

在這無垠世界的海邊，孩子們相會。

這遼闊的天宇靜止在上空，這流動的水波喧噪著。在這無垠世界的海邊，孩子們相會，叫著，跳著。

他們用沙造他們的房屋，他們用空的貝殼玩著。用枯葉織成他們的船，一隻隻含笑地浮到大海裡去。在這世界的海灘上，孩子們自有他們的玩意兒。

他們不懂得怎樣游泳，他們不懂得怎樣撒網。採珠者潛水摸珠，商人在船上航行，可是孩子們把卵石聚集起來又撒開去。他們不搜尋寶藏，他們不懂得怎樣去撒網。

海水大笑著掀起波濤，蒼白閃耀著海灘的笑容。兇險的浪濤對孩子們唱著無意義的歌曲，就像一個母親正在搖著她嬰孩的搖籃。大海與孩子們一起玩著，蒼白閃耀著海灘的笑容。

在無垠世界的海邊孩子們相會。暴風雨遨遊在無徑的天空，船隻破裂在無軌可循的水中。死神已出來而孩子們在玩耍。在無垠世界的海邊是孩子們的偉大相會。

61

睡眠撲翅飛息在孩兒的眼睛上——是否有人知道這睡眠來自何處?是的,有一個傳聞說:睡眠居住在森林濃蔭中的神仙莊。那裡,螢火蟲放著朦朧的微光;那裡,懸垂著兩個迷人的羞澀花蕾。睡眠就從那裡飛來吻著孩兒的眼睛。

微笑閃動在孩兒的嘴唇上,當他睡眠的時候——是否有人知道這微笑誕生在何處?是的,有個傳聞說,一彎新月的初生之淡光碰觸著消散的秋雲之邊緣。那裡,微笑最初出生於一個露洗清晨的夢中——微笑閃動在孩兒的嘴唇上,當他睡眠的時候。

芬芳柔嫩的新鮮氣開放在孩兒的四肢上——是否有人知道這早先藏匿在何處？是的，當母親還是一個少女，它便充滿在她的心裡，在愛的關注與靜穆之神祕中——這芬芳柔嫩的新鮮氣已在孩兒的四肢上開放。

62

當我帶給你彩色的玩具，我的孩子，我明白為什麼有這樣顏色的變幻在雲霞上，在水面上。為什麼花要染著色彩——當我把彩色的玩具給你，我的孩子。

當我唱著歌使你跳舞，我才真正知道為什麼樹葉裡有音樂，為什麼浪濤傳出合唱曲到靜聽之大地的心裡去——當我唱著歌使你跳舞的時候。

當我帶糖果給你貪得的手，我知道為什麼花之杯中有蜜，為什麼水果暗地裡飽含著甜漿——當我帶糖果給你貪得的手

的時候。

當我吻著你臉使你微笑，我的寶貝，我確實明白什麼是晨光裡從天上瀉下來的喜悅，什麼是夏天的涼風帶給我身體的愉快——當我吻你使你微笑的時候。

63

你已使我認識我素不相識的朋友。你已在許多別人的家裡給我位子。你已縮短了距離，使生人變成兄弟。

當我離開我熟習的庇護所，我心緒不寧，我忘記那是舊人遷入新居，那裡，你也住著。

透過生與死，不論今生或來世，到處是你引導我，總不離你，你是我無限生命的唯一伴侶，永遠用快樂的帶子，把我心和陌生人的心聯繫在一起。

人只要認識了你，便沒有一個是異邦人，也無門戶不開放。哦，准許我的祈禱，准許我在眾生的遊戲中，永不喪失撫觸那「唯一」的福分。

64

在那荒涼河邊斜坡上的長草間，我問她：「姑娘，你用衣服遮著燈，要到那兒去？我的屋裡漆黑而孤寂——把你的燈借給我吧！」她抬起她烏黑的眼睛，從暮色中看著我的臉一會兒。「我到河邊來，」她說：「來把燈盞漂浮在河面上，當日光西沉之時。」我獨自佇立在長草間，望著她燈的怯弱火焰無用地漂流在潮水上。

在集會之夜的靜寂處，我問她：「姑娘，你的燈火都點上了——那末，你帶著這燈到那兒去啊？我的屋裡漆黑而孤寂——把你的燈借給我吧！」她抬起她烏黑的眼睛看著我的臉，猶豫地佇立片刻。最後她說：「我來供奉我的燈給上天。」我佇立著，望著她的燈無用地點燃在天空裡。

在那無月的子夜朦朧中，我問她：「姑娘，你把燈抱在心口做什麼呢？我的屋裡漆黑而孤寂——把你的燈借給我吧！」她站住想了一分鐘，在黑暗中凝視著我的臉。她說，「我帶著我的燈來參加燈節的。」我佇立著，望著她的小燈無用地消失在眾燈之間。

65

從我這生命的滿杯中，你要喝什麼樣的神酒，我的上帝？

你是不是樂意的，經我的眼來觀看你的創作，站在我的耳門口來靜聽你自己的永恆諧音，我的詩人？

你的世界在我的心靈中編填字句，你的歡樂又給字句配上樂曲。在愛之中，你把你自己交給了我，於是從我身上，感覺到你自己的完美之芳香。

66

她一向居留在我生命的深處，居留在那微光的閃爍隱現中；她，從未在晨光中揭開她的面紗。我的上帝，我要把她包在我最後的一支歌裡，作為我最後的禮物獻給你。

無數求愛的話已說過，還是贏不到她；對她伸出渴慕之臂來勸誘也徒然。

我把她保藏在心底，到處雲遊，我生命的榮枯，環繞著她起落。

整個我的思想與行動，我的起居和夢寐，都被她統御了，

但她依然分居而獨處。

許多人已叩過我的門來訪問她，但都失望地轉身回去。

在這世界上沒有一個人曾當面見過她，她仍在孤寂中靜候你的賞識。

67

你是天空，你也是窩。

啊，你，美麗的，在窩裡的是你的愛，這愛用顏色、聲音和香氣來圍繞靈魂。

清晨從那邊來了，她右手提著金色花籃，籃裡裝著美麗的花冠，悄悄地去加冕於大地。

黃昏從那邊來了，她越過無人畜牧的荒寂草地，穿過車馬絕跡的小徑，在她的金瓶裡，帶來寧靜的西方大洋之和平涼風。

但是在那邊，那邊展開著廣大無際的天空，潔白的光輝統御著，給靈魂去飛翔。在那邊無晝亦無夜，無形亦無色，而且永遠沒有，永遠沒有一句言語。

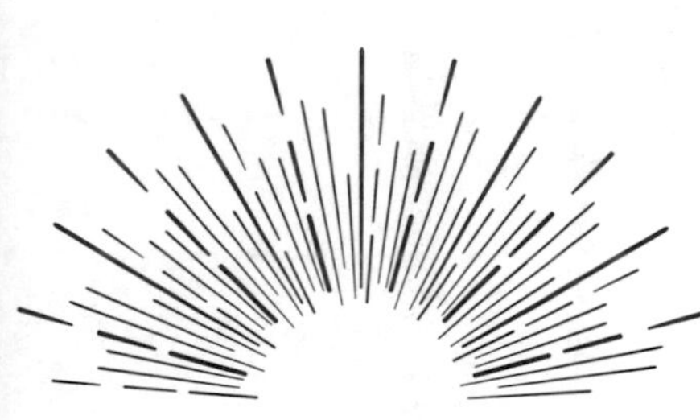

68

你的陽光來到我這大地上，伸開手臂整天長日地站在我的門前，要把我眼淚、嘆息和歌曲所做的雲霞帶回，放到你的腳邊去。

你非常歡喜，貼緊你綴星的胸，披上這雲霞的衣，變化出無數的式樣和褶紋來，還染上時刻變幻的色彩。

它是這樣的輕巧，這樣的迅捷，這樣的柔弱多淚而暗淡，這是你為什麼愛惜它的原因。哦，你這澄澈無瑕者，這就是為什麼它可以用可憐的陰影遮蓋你懾人的白光了。

69

就是這生命的溪流，日夜奔流過我的血管，奔流過世界，在韻律的節拍裡舞蹈。

就是這同一的生命，快樂地透過大地的塵土，放射出無數片的青草，迸發成繁花密葉的繽紛波紋。

就是這同一的生命，在潮汐漲落中，搖動那生與死的大海搖籃。

我覺得我的四肢受這生命世界的撫觸，而變得光彩。我的自負，是因為時代的脈搏，這時正在我的血液中跳動。

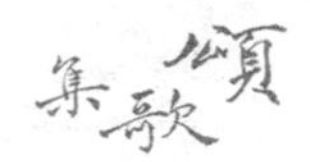

70

是否這歡快的韻律不能使你歡快嗎？不能使你迴旋顛簸，消失破裂在這可怖的歡樂旋轉中嗎？

萬物向前衝馳，不停留也不回顧，任何力量都不能把它們挽回，它們只顧向前衝馳。

季節應和著這不停息的急促音樂的步伐，來跳過舞又去了——顏色、音調和香氣，在這充溢的歡樂中，流注成無盡的瀑布，每一瞬間在濺散，在撤退，在死亡。

71

我應該光大自己，周旋肆應，投射彩影於你的光芒上——這就是你的迷妄幻境。

你在你自己體內安排一道障壁，用無數不同的音調，來呼喚你被分隔的自身。你這分隔的自身，已在我之中形成。

高歌的迴聲響徹天宇，在多彩的淚與笑，震驚與希望中迴應著；波濤起伏，夢破夢圓。在我之中是你自身的破壞。

你捲起的這重簾幕，是被晝與夜的畫筆，描繪了數不清的花樣的，這幕底後面，你的座位是用奇妙神祕的曲線織成，拋棄了一切端正無味的線條。

你和我的偉麗的展覽已布滿天宇。你和我的歌音，使整個太空顫動，一切時代在你和我的捉迷藏中過去了。

72

魂。

就是他，那至真之一，用他看不見的撫觸來覺醒我的靈魂。

就是他，在我這雙眼睛上施他的法術，又快活地把我的心絃彈奏出苦與樂的種種調子來。

就是他，織造金和銀，青和綠的易消失色彩的「摩耶」（魔幻）之衣（來炫惑人），又把他的雙足露出在衣褶的外面，讓我得撫觸而忘我（覺醒）。

日子不斷地來，年代便接連地過去了。就是他，永遠用

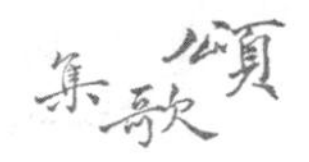

許多個名字，許多個形式，許多個極樂與深憂，來打動我的心。

73

我須在絕慾自制中得救。在千萬愉快的約束中，我感覺自由的擁抱。

在這瓦罐之中，你時時為我斟上各種不同色香的新酒之滿杯。

我的世界，將用你的火點亮不同的百盞明燈，放到你廟裡的祭臺前來。

不，我將永不關閉我感覺之門。那視之愉快，聽之愉快，觸之愉快，將帶來你的愉快。

是的，我的一切幻想會燃成歡樂的燈彩，我的一切願望，
將紅熟成愛之果實。

74

白天過了，暗影籠罩大地。是我拿水瓶到河邊汲水的時候了。

晚風藉流水的悲戚音樂顯示出急切來。嗳，這是呼喚我出來到暮色中去啊。靜寂的空巷裡行人絕跡，風刮著，水波在河裡騰躍。

我不知道我是否應該回家去。我不知道我會碰巧遇見什麼人。那邊淺灘的小舟裡，有個不相識的人正在彈琵琶。

75

你的恩賜，給我們世人滿足我們一切的需要，但仍毫未減少的返回到你處。

河流有它每天的工作，匆忙地疾馳過田野與村落；但不斷的流瀉，仍曲折地回來洗濯你的雙足。

花朵用香氣使空氣芬芳；但最後的服務，仍在奉獻給你。

對你的供奉不會使世界貧乏。

從詩人的字句裡，人們摘取他們自己喜歡的意義；但詩句的終極意義是指向於你。

76

日復一日的過去，啊，我的生命之主，我能夠站在你跟前，面對著面嗎？啊，一切世界之主，我能夠恭立在你跟前，面對著面嗎？

在你宏峨的天宇下，莊嚴而靜寂，我能夠以恭敬之心，站在你跟前，面對著面嗎？

在你這個勞碌的世界裡，喧擾著勞役與掙扎。在攘攘的人群中，我能夠站在你跟前，面對著面嗎？

當我現世的工作已做完，啊，萬王之王，我能夠悄悄地一個人站在你跟前，面對著面嗎？

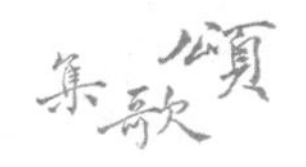

77

我知道你是我的上帝，遠遠地站開著——我沒有知道你就是我自己的，應該走近你。我知道你是我的父親，在你的腳前俯伏——我沒有緊握你的手把你當作我的朋友。

我沒有佇候在你降臨的地方，懷抱你在我心頭，把你占有，作為我的伴侶。

你是我兄弟們的兄弟，但是我不睬我的兄弟們，沒有把我的所得分給他們，以為這樣做，才能把我的一切和你分享。

在歡樂和苦痛中，我都沒有站在大眾的一邊，以為這樣

做，才能站在你身邊。我畏縮著不肯奉獻我自己的生命，因此我沒有投入生命的洪流。

78

當宇宙初創時，星辰作它們第一次燦爛的照耀，諸神在空中聚會，齊聲唱道：「啊，完美的圖畫！啊，純粹的快樂！」

但有一位突然叫起來——「那邊光鏈上好像有個裂痕，少了一顆星了。」

頓時他們豎琴的金絃斷了，他們的歌聲停了，他們驚惶地喊著——「對了，失蹤的一顆星是最美麗的，她是全天空的光榮！」

從那天起，不斷的找尋她，眾口相傳地說，因她的失去，世界已失去了一種快樂。

只有在夜的最靜寂之時，星辰才現出微笑，互相低語——

「枉費的尋覓！無缺的完美正籠蓋著一切！」

79

假使我今生沒有福分見你，那末，就讓我永遠感到恨不相逢的遺憾了——讓我念念不忘，讓我無論在寤寐夢魂之中，都負荷著這悲哀的痛楚。

我的日子，消磨在這個塵世的鬧市，我的雙手，握滿了每日的盈利，讓我永遠感到我是一無所獲——讓我念念不忘，無論在寤寐夢魂之中，都負荷著這悲哀的痛楚。

當我坐在路邊，疲乏而喘息著，當我攤開我的鋪蓋在塵土中，讓我永遠感到這遙遠的路程仍在我前面——讓我念念

不忘，無論在寤寐夢魂之中，都負荷著這悲哀的痛楚。

當我的屋子裝飾好了，笛聲和笑聲在裡面響起來，這時讓我永遠感到，我未曾邀請到你駕臨寒舍——讓我念念不忘，無論在寤寐夢魂之中，都負荷著這悲哀的痛楚。

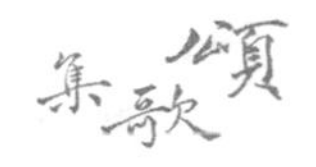

80

我像一片秋天的殘雲，無用地浮遊於天空，哦，我的永遠光華的太陽，你的撫觸尚未消散去我的煙霧，使我與你的光明合一，因此我只計算著與你分離的悠長年月。

假使這是你的願望，假使這是你的遊戲，那末，請把我這瞬逝的空虛，施以色彩，飾以黃金，讓它飄向多情的風裡，舒捲成種種的奇觀吧。

還有，當你願意在夜晚終止這遊戲時，我將在黑暗中，或者在潔白晨光的微笑中，在晶瑩透明的清涼中，銷溶散失。

81

在許多閒散的日子裡，我哀傷蹉跎了的光陰。但是我的主啊，光陰並沒有蹉跎。你掌握住了我生平的每一寸光陰。潛藏在萬物的心坎裡，你培植種子萌芽發葉，蓓蕾綻放花朵，花落結成果實。

我疲乏了，懶懶地躺在床上，想像著一切工作都已停歇。早晨醒來，卻發現我花園裡開滿了奇花異卉。

82

我的主啊，你手裡的時間是無限的。你的分秒是無法計算的。

晝盡夜臨，夜去晝來，時代像花開花落。你知道怎樣來等待。

你的世紀，一個接著一個，來完成一朵小小的野花。

我們的光陰不可蹉跎了，因為沒有時間，我們必須爭取我們的機會。我們太貧苦了，決不可遲到。

因此，我把時間給每一個急切的來要求它的人，時間便

溜過，到最後你的祭壇上是空著，沒有一點供物。

到一天的終結時候，我慌忙趕來，誠恐你的門已關上；但我發現還有充裕的時間。

83

母親，我將用我的悲淚給你穿成珍珠的項鍊，掛在你頸上。

許多顆星尸製成踝鐲來裝飾你的雙足，但我的珠鍊要掛在你胸前。

名利來自你處，把它們贈授或扣留也全憑你。但我這悲哀卻完全是我自己的。當我把它作為我的孝敬來獻給你，你把你的慈愛來報答我。

84

離別的悲愁瀰漫著整個宇宙，在無際的天空，產生無數的情境。

就是這離別的悲愁徹夜靜默地凝望星辰，由閃爍的星辰，變成多雨七月的黑暗中那蕭蕭樹葉間的抒情詩。

就是這瀰漫的悲愁，加深而成為愛與欲，成為人世的苦與樂；而且就是這永遠通過我詩人的心，融化流露成為詩歌。

85

當戰士們最初從他們主人的大殿走出來，他們的威力藏在那裡呢？他們的盔甲和武器藏在那裡呢？

他們看起來是可憐而無助，他們從主人的大殿出來的那一天，箭像雨一般向他們飛射。

當戰士們凱旋歸來，再回到他們主人的大殿裡去，他們的威力藏在那裡呢？

他們把刀劍和弓箭一齊放下，和平顯現在他們的眉宇間。他們凱旋歸來，再回到他們主人的大殿裡去，他們留下生命之果在他們的後面了。

86

死，你的侍從，來到我的門口，他遠涉未知的海，傳達你的命令到我家。

漆黑的夜，我心裡很恐怖——但我仍將拿我的燈，開我的門向他鞠躬歡迎。因為站在門口的正是你的使者。

我將含著眼淚合掌禮拜他。把我心之珍寶放在他的腳邊，我禮拜他。

他將完成了使命回去，在我的清晨留下一個暗影；於是在我淒涼的家裡，只有煢獨的自我剩留著，作為獻給你的最後供品。

87

懷著無望的希望，我向我每一隻屋角尋找她，我沒有找到她。

我的屋子很小，一旦丟失什麼，便永遠找不回來。

可是，你的大廈是無邊的，我主，我上你的門來找她了。

我站在你喚空的金幕下，高抬我熱切的眼睛望著你的臉。

我已來到了永恆的邊緣，這裡一切不能隱滅——無論是希望，無論是幸福，無論是透過眼淚見到的一張臉。

啊，把我空虛的生命浸入這大洋吧，投進這最深的完滿吧。讓我在宇宙的完整裡，覺到一次失去的甜蜜撫觸吧。

88

破廟裡的神啊！斷絃的箜篌已不再彈唱你的頌歌。晚鐘也不再宣告禮拜你的時間。在你周圍的空氣是靜寂，是沉默。

你荒涼的寓所，來了蕩漾的春風，它帶來了香花的音訊——這香花的供養，不再奉獻給你了。

你的禮拜者，那些老是漂泊的人，永遠在渴望得到那尚未得到的恩賜。黃昏時分，燈與影掩映在隱約的塵霧中，他疲憊地帶著饑餓在心頭，回到這破廟裡來。

破廟裡的神啊，好多個節日靜悄悄地過去了。好多個禮拜之夜，燈也沒有點上。

精巧的藝術家塑造的許多新神像，都依時送到聖河裡湮沒了。

只有破廟裡的神，遺留在無人禮拜的不死的冷淡中。

89

我不再高聲說話，吵鬧別人——這是我主的意旨。從今以後，我要低聲細語，我將把我心中的言詞，用輕婉的歌聲表達出來。

人們急急忙忙地到國王的市場上去。買賣的人們都在那兒，但我卻在交易正忙的中午，不合時宜地離開那兒。

雖然不是開花季節，可是還是讓花朵開在我的花園裡吧；也讓那些中午的蜜蜂去彈奏著懶洋洋的嗡嗡調吧。

我把整個的時間，耗費在善與惡的掙扎中，但是現在是

我暇日遊伴的雅興，把我的心引到他那兒。我不知道這突如其來的召喚，會帶給我怎樣的不必要的煩惱！

90

當死神來敲你門的時候，你將把什麼奉獻給他呢？

哦！我將在我的貴賓面前擺下斟滿的生命之杯——我絕不會讓他空手而去。

當死神來敲我門的時候，我願把所有我秋日和夏夜的豐美收穫，以及我匆促生命中所貯存獲取的一切，統統都擺在他的面前。

91

哦！你這生命的最後完成者，死神，我的死神，來吧！來向我低語吧！

日復一日地我等待著你，為了你，我忍受著生命中的歡樂和苦痛。

我所存在的一切，所有的一切，所希望的一切，以及我所喜愛的一切，都在祕密的深處向你奔流，經你眼神的最後一瞥，我的生命就永遠歸屬於你了。

花環已經為新郎編紮好，婚禮過後，新娘就要離開她的家，和她的主人在幽靜的夜裡單獨相會了。

我知道那一天將會來到，當塵世從我眼中消失，生命將悄悄地告別，在我眼前拉下最後的簾幕。

但是星星將在夜晚守望，朝日仍舊升起，時間像海浪的起伏，掀起歡樂與痛苦。

當我想到我最後的一瞬，時間的隔欄就破裂了，我憑藉著死亡之光，看到了你的世界以及這世界所廢棄的珍寶。它那簡陋的座位，的確罕見，它那平凡不過的生活也是少有的。

我枉自追求想獲得的和已獲得的一切東西——統統讓它

們成為過去吧。只讓我真實地掌握那些我一向鄙視和忽略的東西。

93

我已經獲准離開，向我說再見吧，兄弟們！我向你們鞠個躬就啟程了。

在此我交還我門上的鑰匙——並且放棄對我房屋所有的權利，我只要求你們幾句最後的贈言。

我們做過很久的鄰居，但是我所接納的多過我所付出的。現在天已破曉，照亮我黑暗角落的燈盞已熄滅。召令已經來到，我就準備上路了。

94

朋友們！在我動身的一刻，祝我幸運吧！天空晨光璀璨，我的前途是瑰麗的。

不要問我帶些什麼到那邊去。我只是帶著空空的雙手和一顆期待的心跨上我的旅途。

我要戴上我的結婚花冠，我穿的不是旅行者的棕紅外衣，雖然路上危險正多，可是我並不在意。

在我旅程的盡頭，夜晚的星星將會出現，而從王宮的大門裡，將會彈奏出朦朧的淒楚旋律。

95

我並沒有覺察到當我剛跨進這生命門檻的一剎那。

是一種什麼力量使我在這無邊的神妙中開放，像半夜裡森林中的一朵花蕾。

當清晨我看到光明時，我就覺得在這世界上，我並不是個陌生者，因為一種不可思議，無可名狀的東西，已經把我浸潤在慈母般的柔懷裡了。

就是這樣，在死亡裡，這同一不可知的東西，將要像我的舊相識似的出現。因為我愛生命，所以我知道，我將會同

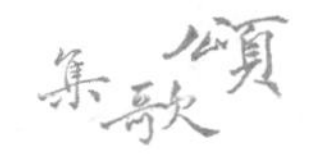

樣的愛死亡。

嬰兒會在母親把右乳從他嘴中拉出時啼哭，可是他卻立刻會在左乳上得到安慰。

96

當我離開此地時，就把這作為我的話別詞吧！就是我所看到的，是無比的卓絕的。

我曾嘗過光的海洋上展瓣蓮花的隱藏蜜汁，如此我就被祝福了。——就讓這作為我的話別詞吧！

在這無盡形式的遊樂室裡，我已經遊樂過了，在這裡，我看見了那無形象的他。

我的全身因著無從接觸的他的撫摩而微顫；假若死亡就此來臨，那麼就讓他來好了。——讓這個作為我的話別詞吧！

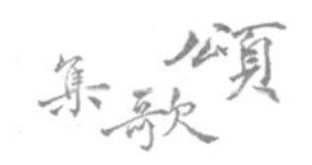

97

當我同你在一起遊戲時，我從沒問過你是誰，我既不知羞怯也不知害怕，我的生活是騷擾的。

一清早你就如同我的伙伴似的，把我從睡夢中喚醒，帶著我跑過一片片的林野。

在那些日子，我從沒想到去瞭解你對我所唱歌曲的意義。我只是隨聲附和著，我的心隨著節拍而跳舞。

如今，遊樂的日子已經過去，那突然顯現在我眼前的景象是什麼啊？

世界俯視著你的雙腳，並和它的靜穆的星群敬畏地站立著。

98

我將用戰利品，用我失敗的花環來裝飾你。逃避不被征服，是我永遠做不到的。

我確切知道我的驕傲將會碰壁，我的生命，將會因著極端的痛苦而炸裂，我的空虛的心，將會像一枝洞簫似的哭訴出哀傷的音調，頑石也會融化成淚水。

我確切知道蓮花那成百的花瓣不會永遠閉合，隱藏在深處的花蜜也將暴露在外。

從蔚藍的天空中，將會有隻眼睛向我凝視，默默地召喚

我，沒有任何東西留給我，絕對沒有任何的東西，只有那完全的死亡是我要在你腳下接受的。

99

當我放下舵柄的時候，我就知道該是你來接收它的時候了。該做的事情趕快把他做好，掙扎是沒有用的。

那麼就把手拿開，默默地接受失敗吧！我的心啊，要想到能一直安謐地坐在你的所在地，還算是幸運的。

我的幾盞燈都被陣陣的微風吹熄了。為要把它們重新點起，就一再地忘卻了其他的事情。

這次我要聰明些了，我把蓆子鋪在地板上，坐在黑暗中等待，我的主，隨你的高興吧，任何時候你都可以悄悄地來到這兒坐下。

100

我潛入有形象的海洋的深處，希望撈獲那無形象的完美的珍珠。

我不再划著那受盡風吹雨打的舊船，航行各個港灣。浮沉在海浪中的日子早已過去了。

如今我渴望死到不朽中去。

我要拿著我生命的豎琴，進到那不測深淵旁邊的廣廳，那兒悠揚著沒有聲調的絃音。

我要撥弄我的琴絃，和永恆的曲調應和，當它泣訴出最後哀怨時，我就把我靜默的豎琴放在靜默的腳邊。

101

在我的一生中，我總是用我的詩歌去尋找你。是它們引導著我，從這門到那門，我曾同它們一起去探索我，並且同它們一起尋求著接觸著我的世界。

我所學過的功課，都是這些詩歌教給我的；它們把一些捷徑指示給我，它們把我心靈中地平線上的許多個星星，帶到我的眼前。

它們整天，引導我到那苦樂王國的神祕中，最後，在我旅程終點的黃昏，它們要把我帶到那座王宮的大門前呢？

102

我在眾人面前誇說我認識你。他們在我的作品中看到許多個你的畫像。他們來問我：「他是誰？」我不知道怎樣回答他們，我說：「我實在說不出來。」他們責罵我，帶著輕蔑的神情走開。而你卻坐在那兒微笑。

我把你的事跡譜成永恆的歌曲。祕密從我心中湧出。他們來問我：「把所有的意思都告訴我吧！」我不知道怎樣回答他們。我說：「啊，誰知道那是什麼意思！」他們笑笑，異常輕蔑地走開。而你卻坐在那兒微笑。

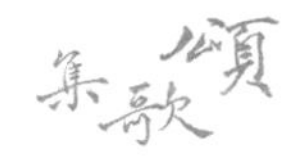

103

我的上帝，在我對你的一次膜拜中，讓我所有的感官都舒展在你的腳下，去接觸這個世界。

在我對你的一次膜拜中，讓我的全副心靈，像七月的濕雲，帶著欲滴的雨水，沉沉下垂般地俯伏在你的門前。

在我對你的一次膜拜中，讓我所有的歌曲，集合起它們不同的調子，聚匯成一股水流，注入寂靜的大海。

在我對你的一次膜拜中，讓我整個的生命，像一群懷鄉的白鶴，日夜兼程飛向牠們的山巢般，啟程回到它那永久的家園。

跋

泰戈爾這本詩集是一九一三年諾貝爾文學獎金的得獎作，原名*Gitanjali*，意思是「歌頌的奉獻」，集內共收長短詩歌一〇三篇，大多是對於最高自我（上帝）的企慕與讚美的頌歌，所以譯作《頌歌集》。

一般說來，泰戈爾的作品，受《奧義書》的影響很大，其實他的詩是印度吠陀頌歌以來直到迦比爾 (Kabir)、杜西陀 (Tulsidas) 以及十九世紀的托露達德 (Taru Dutt) 等人的集大

成。《頌歌集》裡充滿著許多微妙的神祕的詩篇，他讚美上帝的各種手法和姿態，尤為高超而奇特，讀之令人油然神往。難怪歐美讀者，那麼狂熱地崇拜他的人，那麼醉心地喜愛他的詩。

古印度《奧義書》的學者們隱居山林，探索自我，他們在大自然的薰陶中體會宇宙的真理，達到了超脫的境界。同樣地，泰戈爾得力於《奧義書》的傳承，產生了他的森林哲學和清新詩篇。他在一本書的序文中，敘述《奧義書》的精神說：「雖則這最高自我是不可知、不可思議，但仍可通過自制和學問，用人的自我來實感它，因為兩者最後是一。這樣人從宇宙大力中解脫而成為神志的一部分了。」泰戈爾這本《頌歌集》，就是他「實感」的記錄。

可是泰戈爾對於《奧義書》的成就是不滿意的，他批評《奧義書》的學者們太偏於「理智」，太偏於「個人的完善」，說他們「通過愛與虔誠去接近真理的探索還不夠」。在這本《頌歌集》裡，我們可以看到泰戈爾是怎樣用他的愛與虔誠來通靈。上帝固崇高而威嚴，但最基本的是「愛」，所以他有時也把上帝視作朋友，甚或視作愛人。我國託物言志的詩人，寫給天子的詩往往以男女的愛情來比擬君臣的恩義，這裡更把這種比擬擴充到上帝身上去，因此他的頌神詩也更動人。

因為泰戈爾把握了「愛」，所以他體驗到的神志，使他非但要獲得「個人的完善」，同時也要謀求「社會的福利」，使他以隱士的身分，來做改造社會的工作。

於是在《頌歌集》裡他寫出這樣的詩句：

放棄這種禮讚的高唱和祈禱的低語吧！……睜開你的眼看看，上帝並不在你面前啊！

他是在犁耕著堅硬土地的農夫那裡，在敲打石子的築路工人那裡。無論晴朗或陰雨，他總和他們在一起，他的衣服上撒滿著塵埃。脫掉你的聖袍，甚至像他一樣走下塵土滿布的地上來吧！……

放下你供養的香和花，從靜坐沉思中出來吧！你的衣服變成襤褸或被染汙，那又有什麼關係呢？在勞動裡去會見他，和他站在一起，汗流在你額頭。

這是泰戈爾詩的終極意義。這是他對印度國家民族最大的貢獻。

我在印度國際大學時曾看到胡適之先生在泰翁六十四歲生日送給他的祝壽詩，題名「回向」，就是讚美他回向民間的。這詩為《胡適文存》及其他任何書中所無，現在一併抄錄在這裡，以供參考：

他從大風雨裡過來，
向最高峰上去了。
山上只有和平，只有美，
沒有風和雨了。

他回頭望著山腳下，
想起了風雨中的同伴，
在那密雲遮著的山子裡，

忍受那風雨中的沉暗。

他捨不得他們，
但他又怕山下的風和雨。
「也許還下雹哩？」
他在山上自言自語。

他終於下山來了，
向那密雲遮處走。
「管他下雨下雹！」

他們受得，我也能受！」

泰戈爾的頌神詩是難譯的，這本集子的初譯稿，大部分完成於八年以前，後來譯全了曾經過兩次潤飾修改，長女榴麗也給我校訂了一遍，還是不能愜意。現在三民書局催著要印行，在百忙中整理出來，再仔細校閱修改了一遍。因為已印的泰翁詩集《漂鳥》、《新月》、《採果》三譯本，得到許多讀者的愛好，雖羞於露面，為答謝讀者的厚意，也只得暫時這樣出版了。

希望能給誦讀此書的人一些幫助，在書後寫上這幾句。

民國四十六年六月七日文開跋於臺北

漂鳥集

泰戈爾 著　糜文開 譯

《漂鳥集》為印度著名詩哲泰戈爾著名的佳作之一，完成於一九一六年。在他三百餘則清麗抒情的詩篇中，歌頌著大自然的壯闊、人生的哲理、對社會的反思。文字清新雋永、刻劃入微。有如飛翔在天際的漂鳥，以俯視姿態，看盡世間喜樂與哀愁。文字簡潔，而詩者對於世界的感懷與感動卻是涓滴入心！

新月集

泰戈爾 著　糜文開、糜榴麗 譯

《新月集》是泰戈爾以孩子之眼觀看這個世界的作品，在這本詩集中處處可見兒童般的想法及話語，滌淨我們久經世俗的心。兒時的童稚想法透過詩句再現，在韻律之中，發現「童心」的可貴。在〈玩具〉中，詩人說道：「孩子，我已忘記了專心致志於棒頭與泥餅的藝術。／我找出昂貴的玩具來，集合著一大批的金和銀。／你找到隨便什麼你創造你的樂意的遊戲，我既浪費我的時間，又浪費我的精力，去找我永無獲得的東西。」不妨透過這些珍珠般的詩句，從孩子眼中，了解「慢活」的快樂吧！